U0448646

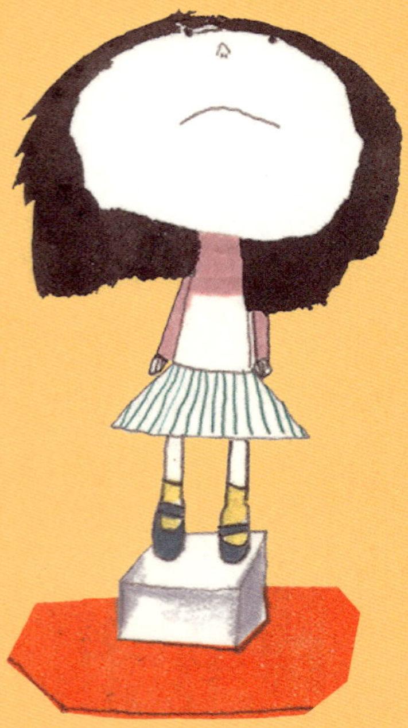

健康

学校学不到的能力养成课

为什么要好好吃饭？

[韩]吴世砚/著　　[韩]金真花/绘　　高文丽/译

中信出版集团｜北京

图书在版编目（CIP）数据

学校学不到的能力养成课 /（韩）朴贤姬等著；
（韩）金旼俊等绘；高文丽，黄慧玲译. — 北京：中信
出版社，2022.1（2023.1重印）

　　ISBN 978-7-5217-3695-3

Ⅰ. ①学… Ⅱ. ①朴… ②金… ③高… ④黄… Ⅲ.
①儿童故事－图画故事－韩国－现代 Ⅳ. ① I312.685

中国版本图书馆 CIP 数据核字（2021）第 218171 号

어린이행복수업-왜맛있는건다나쁠까?
Why Delicious Things Are Not Healthy (Health)
Text © Oh Se-yeon (吴世砚)，2013
Illustration © Kim Jin-hwa (金眞花)，2013
All rights reserved.
This Simplified Chinese Edition was published by CITIC PRESS CORPORATION in 2022, by arrangement
with Woongjin Think Big Co., Ltd. through Rightol Media Limited.
(本书中文简体版版权经由锐拓传媒旗下小锐取得Email:copyright@rightol.com)
Simplified Chinese translation copyright © 2023 by CITIC Press Corporation
ALL RIGHTS RESERVED
本书仅限中国大陆地区发行销售

学校学不到的能力养成课

著　　者：[韩] 朴贤姬 等
绘　　者：[韩] 金旼俊 等
译　　者：高文丽　黄慧玲
出版发行：中信出版集团股份有限公司
　　　　　（北京市朝阳区惠新东街甲4号富盛大厦2座　邮编 100029）
承　印　者：北京瑞禾彩色印刷有限公司

开　　本：787mm×1092mm　1/16　　印　张：26.25　　字　数：375千字
版　　次：2022年1月第1版　　　　　印　次：2023年1月第4次印刷
京权图字：01-2021-5418
书　　号：ISBN 978-7-5217-3695-3
定　　价：160.00元（全5册）

版权所有·侵权必究
如有印刷、装订问题，本公司负责调换。
服务热线：400-600-8099
网上订购：zxcbs.tmall.com
投稿邮箱：author@citicpub.com

目 录

第一章 肉类有益于健康吗?

- **身边的故事** 无肉不欢的成秀 2
- 人类的祖先都吃些什么? 4 ● 吃肉过多会怎样呢? 6
- 什么,患癌? 8 ● 农药残留最多的食品是什么呢? 10
- **快乐听故事** 每周少吃一顿肉 11

第二章 为什么总是想吃糖?

- **身边的故事** 爱发脾气的民硕 14
- 为什么吃糖让人快乐? 16 ● 反复感冒的孩子们 18
- 找一找那些躲起来的糖吧! 20 ● 冰激凌里有什么? 22
- **快乐听故事** 约翰·罗宾斯的故事 23

第三章 为什么要少吃快餐?

- **身边的故事** 小个子敏智 26
- 它们为什么叫垃圾食品? 28
- 方便面里含有什么? 30
- 食品添加剂为什么不好? 32
- 即便如此你还是喜欢可乐吗? 34
- **快乐听故事** 慢食运动与本地美食运动 35

第四章 有益于健康的食品,愉快地吃起来吧!

- **身边的故事** 柔景正在减肥 38
- 缺乏维生素与矿物质 40
- 不吃蔬菜会怎样呢? 42
- 富含纤维素的糙米 44
- 水果如何才能吃得更香甜? 46
- **快乐听故事** 想要长高怎么办? 47

第五章 心理健康同样重要！

- **身边的故事** "游戏迷"振久 50
- 游戏会不知不觉地改变一个人 52　●压力太大了！54
- 快乐地运动起来！56　●良好的关系是健康的开始 58
- **快乐听故事** 身心健康最重要 59

第六章 愿世间每个人都拥有健康的身体！

- **身边的故事** 不爱吃学校午餐的允珠 62
- 竟然有好多人在忍饥挨饿？64　●无法上学的童工 66
- 令人遗憾的健康不平等 68　●大家好才是真的好 70
- **快乐听故事** 为新生儿织帽子的人们 71

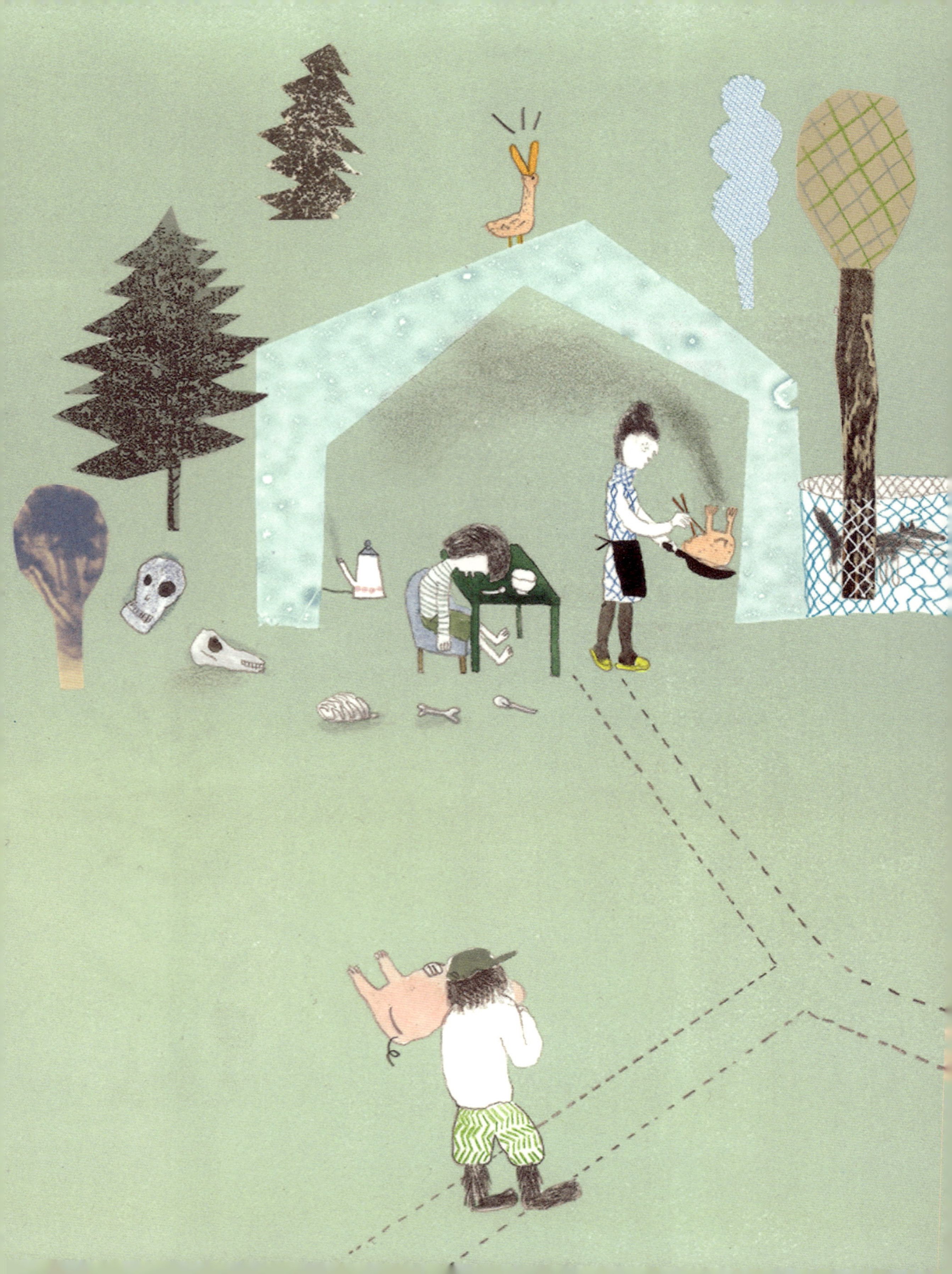

第一章　肉类有益于健康吗？

你喜欢吃什么？
糖醋里脊、炸猪排、香辣肉丝、烤肉、辣子鸡、炖鸡……
想想就让人流口水呢！
人们常说，多吃肉才能长高个子、力气也会更大，
但实际上肉吃得太多反而会给身体带来负担，
使人更容易患上肥胖、糖尿病、高血压等疾病。

身边的故事　无肉不欢的成秀

"医生，您好。"

"成秀，你好。哪里不舒服呀？"我问道。

成秀是一个十足的小暖男，候诊室里的其他患者都忍不住多看他几眼。他长相帅气，性格温和，而且学习又好，是典型的"别人家的孩子"。

"最近他总说身上没劲儿，很累。"还没有等成秀开口，他妈妈就抢先把他的情况告诉了我。

我仔细地检查了他的身体，发现他并没有感冒，身体也没有其他异常的状况。只是他的脸色不太好，皮肤有些浮肿，看起来很疲累的样子。

"最近压力很大吗？"

"我也不知道，上课的时候总是犯困，而且感觉有气无力。"他平时活泼开朗，总能清楚地表达出自己的想法，但今天他的回答却有些含混不清。

"他最近在上辅导班，因为他想考一所国际学校，大概是很辛苦吧，经常生病。唉，身上有劲儿才能有力气学习呀。"成秀的妈妈忧心忡忡地说道。

"成秀，你平时主要吃什么呀？"

"我什么都喜欢吃，但最喜欢吃的还是肉。"

"那一星期吃几顿肉呢？"

成秀的妈妈赶紧插话说："最近每顿饭都有肉，毕竟马上就要参加国际学校的升学考试了，体力跟得上才能好好学习呀！"

对于成秀备考国际学校这件事，成秀的妈妈脸上写满了骄傲。

"成秀妈妈，其实以肉食为主的菜单对于正在读书的学生来说并不适合，因为肉类在胃里停留的时间很长，反而容易让人的注意力下降。红肉摄入过多会对身体带来太多负担。"

"但是我听说外国的学生因为吃肉比较多体力非常好，学习的时候可以连续挑灯夜战呢！"

从成秀妈妈的表情来看，她似乎对我的意见不以为然，所以提出了这样的质疑。

"他们体力好并不是因为他们肉吃得多，而是因为他们从小一直坚持运动。成秀每个星期做几次运动呢？"

"没时间运动，从辅导班回到家就已经很晚了……"成秀的妈妈声音越来越低。

"最好是每天坚持运动一个小时，不要吃太多肉，要多吃一些蔬菜等清淡的食物。蔬菜可以减轻胃的负担，让人的头脑更加清醒。"

旁边的成秀倒比他妈妈先点了点头。

人类的祖先都吃些什么？

老虎的食物主要是小鹿或者兔子等小动物，而长颈鹿则主要食草。如果让老虎去吃草，让长颈鹿去吃肉，结果会怎么样呢？肯定会吃坏肚子吧！因为老虎的身体构造是按照食肉的方式"设计"的，而长颈鹿的身体构造则是按照食草的方式"设计"的。

那么人类又靠吃什么生存呢？为了生存，人类既吃肉，也吃蔬菜、水果，还会吃一些主食。人类原本的确是杂食动物，但按照人类身体原本的"设计"，我们并不需要吃那么多食物。

自人类产生以后相当长的时间里，食物一直是非常匮乏的，甚至每天吃上一两顿饭都很困难。对于人类的祖先来说，找到肉类食物并不容易，所以他们主要靠吃山间、田野里的水果、蔬菜、根茎等维持生存，所以我们的身体构造原本是按照多进食水果、蔬菜，少量进食肉类的方式"设计"而成的。

但是随着人类的食物越来越丰裕，吃肉变得容易多了。在数十万年的时间里，我们的身体已经适应了少量食肉的状态，但近几十年，随着生活水平的提高，人类对肉食的消耗大大增加了，随之而来的，是身体容易吃出问题。

而且我们吃的肉并不全是来自山间、田野里健康长成的动物，而是在养殖场里，像生产商品那样被大批量、高速度地饲养出来的。与自然状态下成长的动物相比，这种养殖场饲养的动物的肉，存在滥用抗生素的风险的原因，反而对我们的健康有害无益。下面我们就来看一下，美味的肉类食用过多会给我们的身体带来怎样的影响。

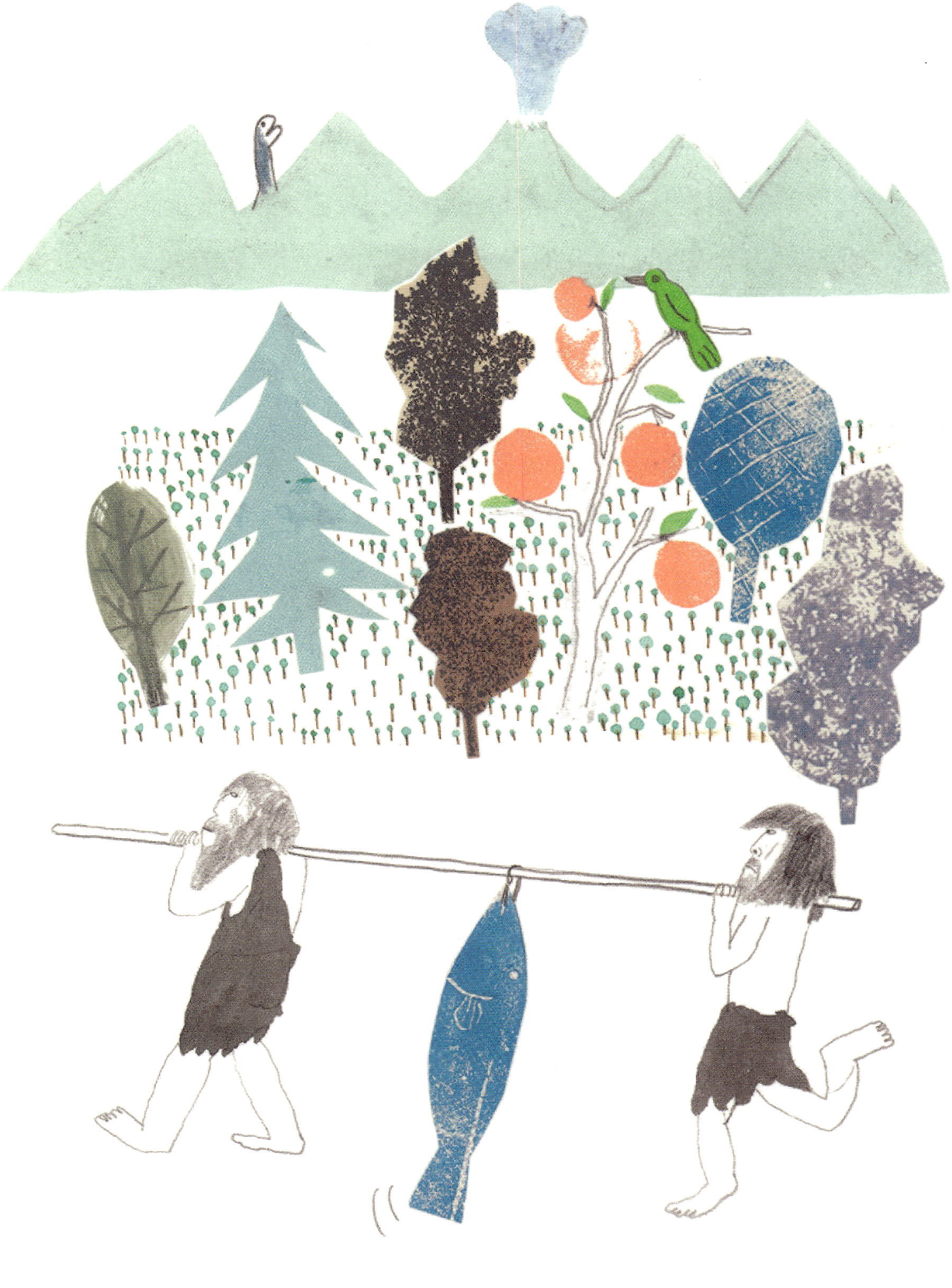

吃肉过多会怎样呢？

"我的小乖乖，多多吃肉身体才会结实哟！"

奶奶夹了许多肉放在了小孙子的米饭上面，一副心满意足的样子。

在奶奶们小的时候，食物是很珍贵的，特别是牛肉、猪肉，只有在过节或生日等特别的日子才有机会吃得到。那个时候吃肉是为身体补充营养，因为肉里含有的动物性蛋白质、脂肪等营养物质会让身体更加结实，所以大家都以为肉类对身体健康十分有益。

但肉吃得太多，营养物质就会过剩，脂类物质就会在血管里形成斑块，这些斑块慢慢变硬就会堵塞血管，给心脏、肝脏、肾脏等带来不良的影响。如果这种状态一直持续下去，人就会患心脑血管疾病等，而食肉过量就是引发疾病的诱因。

不仅如此，食肉过多还会让骨骼变得脆弱。肉类含钙量很低，而蛋白质含量非常高。如果肉类摄入过多，容易导致人体膳食总蛋白质过剩，尿液中排泄的钙离子增加，长期如此，会大大增加人体缺钙的风险。

肉类会延长消化时间?

与其他食物相比,肉类当中耐消化的成分更多,所以肉类在肠胃里停留的时间会更长。很多成年人觉得吃肉以后很有饱腹感,不容易饿,因此钟情于吃肉。但实际上,为了把肉消化掉,肠胃需要做更繁重的工作,因此食肉过量容易给身体造成负担,并使人感到疲惫、劳累。

什么，患癌？

你身边是否也有很多朋友，一旦饭桌上没有香肠、火腿或是其他红肉加工制品就没有食欲了呢？这类食品耐嚼，微甜或稍咸的味道刺激着人们的味蕾，让人们食欲大增。可是肉类食用过多，还会有什么其他影响吗？其中最严重的影响便是增加人们罹患癌症的概率。当然这并不意味着这种饮食习惯会立刻让人体内生长出癌细胞，而是说在未来二三十年的时间里，它会一点一点地瓦解一个人的身体健康，慢慢就有可能成为癌症患者。

近年来，罹患乳腺癌、前列腺癌、大肠癌等癌症的成年人越来越多，而仅仅在五十年前，得这些癌症的人并不多，那为什么会出现这种现象呢？从一些学者的研究结果来看，这与饮食习惯的变化有关。

哈佛大学曾做过一项调查研究，结果显示，和食肉量较小的人相比，食肉过量的人更容易罹患大肠癌。而更令人震惊的是，经常食用加工的火腿、香肠的人罹患大肠癌的概率增加了百分之五十以上。

在20世纪70年代以前，韩国人的餐桌上动物性食物仅占百分之三，到了1995年，动物性食物与植物性食物的比率大约各占一半，而现在动物性食物的餐桌占比就更大了，饮食习惯是很多疾病的诱因。

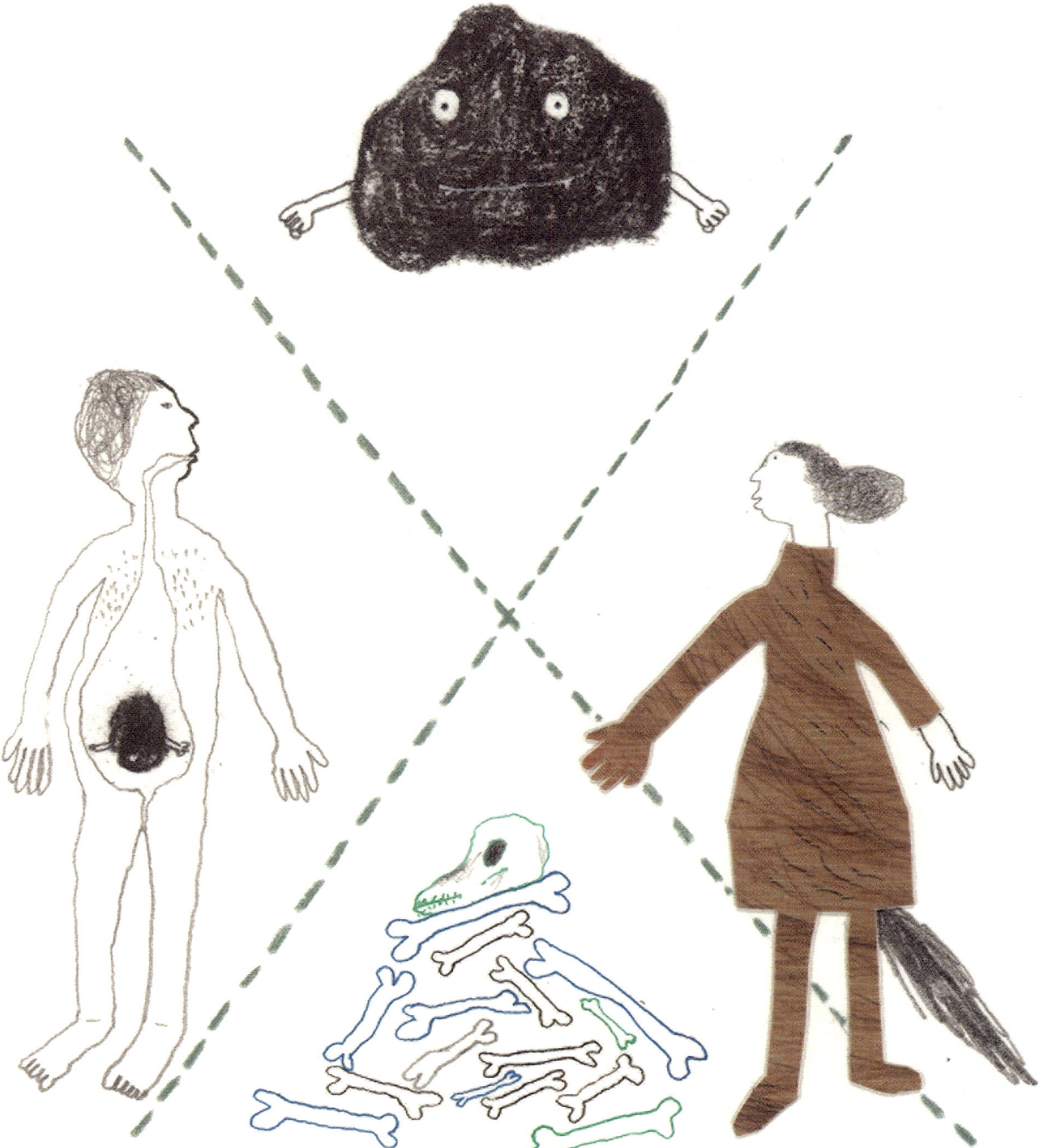

农药残留最多的食品是什么呢？

大家应该都知道农药对身体有害吧？农药一旦进入身体，就不容易被排出，不断堆积之后就会诱发一些疾病。农药是通过食物进入我们身体里的，那么农药残留最多的食物是什么呢？大部分人都以为是水果、蔬菜，但其实百分之七十至百分之八十的农药都是通过肉类、乳制品进入人体的。

在饲养猪、牛、鸡的时候，人们不会在它们身上直接喷洒农药，为什么肉里会有那么多农药残留呢？这是因为饲养家畜的人为了让这些家畜长得更迅速、更肥壮，会选用谷物当作饲料，而不是给它们喂食草料。而那些种植谷物的人为了更快捷地种出更多谷物，往往会使用大量的农药。将这些沾有大量农药的谷物加工成饲料喂食给猪、牛、鸡以后，我们所吃到的肉里自然而然就会含有大量的农药了。

不仅如此，由于圈养家畜生病后很容易造成传染，所以为了预防、治疗这些疾病，人们就会给它们使用抗生素，我们吃到的肉里当然也就含有抗生素了。当抗生素超过必需的剂量时，体内的细菌耐药性就会增强，最终这些疾病就会越来越难治愈。

快 乐 听 故 事

每周少吃一顿肉

　　提到牧场，人们脑海里多会油然浮现出这样的一幅画面：在一片青青的草地上，一群牛一边悠闲地散步，一边自由自在地吃草。以前绝大部分牛都是在这种牧场上饲养出来的，甚至连鸡都是白天在院子里跑来跑去捉昆虫吃，所以运动量也很充足。

　　但如今相当多的家畜都生长在狭窄的牲口棚里，小牛犊连母牛的奶也喝不到就被迫与母牛分开。这些小牛犊被禁锢在一个狭窄的牛圈里，在主人的饲养下迅速长肉，等待着被卖走的那一天。而因为几乎不动弹，牛的肉质会非常软塌。

　　猪的境况也大同小异，很多猪在肮脏的猪圈里几乎动弹不得，在同一个地方吃喝拉撒。而母鸡也大多被关在狭窄的鸡舍里，连翅膀都挥舞不起来，鸡舍里经年累月地打着人工照明，母鸡们昼夜不歇地产鸡蛋。为了不让这些母鸡因压力过大而相互啄斗，养殖人甚至会提前把它们的喙拔掉。

　　那么人为什么要如此残忍地饲养家畜家禽呢？这是因为人们对肉食的需求量太大了。饲养家畜家禽的地方有限，但肉类的消费却大幅增加，所以人们才会在狭窄的空间里尽量让这些家畜家禽多长肉，以赚取最大的利润。如果我们每星期少吃一顿肉，也有可能改善牛、猪、鸡等动物被残忍饲养的现实。

第二章 为什么总是想吃糖?

逛超市的时候,
你的购物车里是不是经常装满了巧克力、糕点、冰激凌等食品?
人们热衷于它们散溢在唇齿之间的甜蜜滋味,
这种味道引逗着人们,让人们垂涎不已。
可是你知道吗?太多糖对人的身体并无益处。
可能你会想:"咦,可是我并没有吃糖啊!"
但是巧克力、糕点、冰激凌里面都含有大量的糖。
炒年糕、炸鸡、比萨里的糖分也不少。
吃了糖以后,人的心情一开始会变愉悦,
但是过不了多久心情又会变得糟糕起来,
特别容易烦躁,注意力也会下降。
为什么会出现这种现象呢?让我们来一探究竟吧!

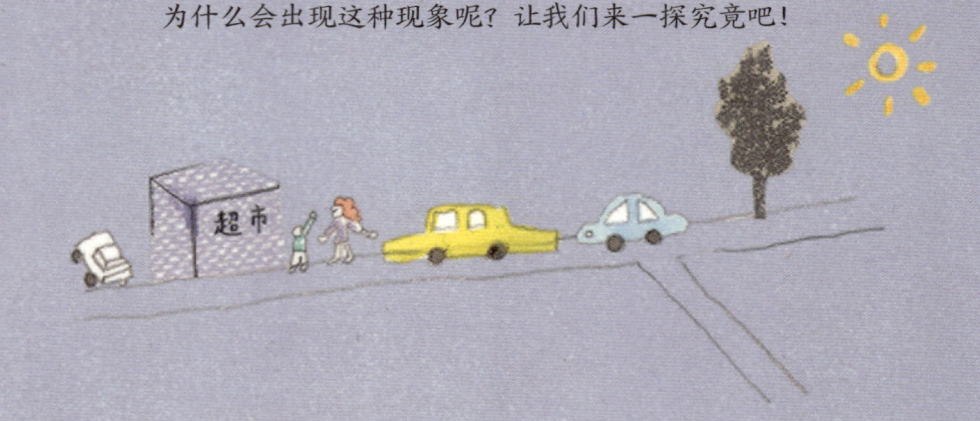

13

身边的故事 **爱发脾气的民硕**

从进我的诊室起，民硕就是一副不高兴的表情。在问诊的时候，不管我再怎么亲切地跟他搭话，他也不怎么理我。本来我以为可能是生病不舒服的缘故，但后来我发现他来打疫苗的时候也是一副不耐烦的神情。

"民硕，为什么心情那么不好呀？是谁惹你不高兴了？"我试着温柔地与他聊天，但民硕的心情似乎并没有好转。

"民硕，医生正问你话呢！"民硕的妈妈小心翼翼地说着，但民硕的表情更加阴郁了。

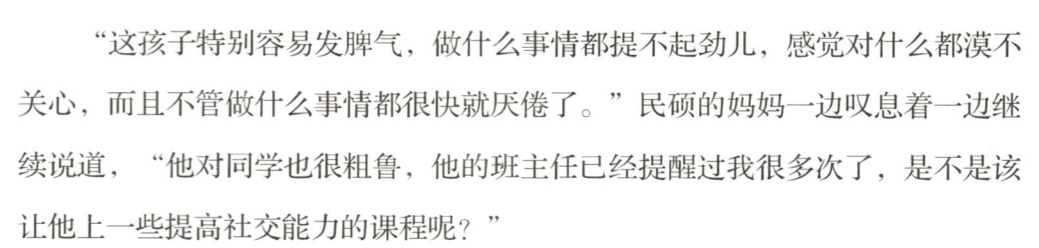

"这孩子特别容易发脾气，做什么事情都提不起劲儿，感觉对什么都漠不关心，而且不管做什么事情都很快就厌倦了。"民硕的妈妈一边叹息着一边继续说道，"他对同学也很粗鲁，他的班主任已经提醒过我很多次了，是不是该让他上一些提高社交能力的课程呢？"

"妈，别再说了！"听到妈妈数落自己的缺点，民硕的脸唰的一下红了，并且发起了脾气。

"好，那你跟我说一下吧！民硕，你吃饭的情况怎么样？"

"我不喜欢吃饭。"

"那你喜欢吃什么？"

"巧克力、冰激凌、点心、可乐……"

民硕的妈妈忧心忡忡地说道："他特别爱吃甜食，只要一坐下，就要吃好几块巧克力。"

"原来如此！甜食吃太多的话，成绩很难提高哟！"

听我突然提到了成绩，民硕和他的妈妈都是一副很惊讶的表情。

"吃太多甜食会使注意力下降，这样就很难集中注意力学习。而且还会让人情绪不稳定，很难与同学们维持良好的关系。"

民硕的妈妈瞪大了双眼，结结巴巴地问道："那……那可怎么办？"

"很简单，要少吃巧克力、糖果、点心、冰激凌、可乐等加工食品。逛超市的时候也不要买这些东西，家里没有存货的话，怎么样也能少吃一些。民硕，你能做到吗？"

民硕没有答话，似乎正在认真思考我刚才说的话。

为什么吃糖让人快乐？

　　人们在食用糕点、糖果、冰激凌、巧克力等加工食品以后，之所以会感到愉悦，是因为这些食品里都含有大量的糖。那么为何人吃了糖以后心情就会变好呢？这是因为糖里含有的糖分会被输送到血液中，在它的作用下，人的血糖会升高，而血糖升高以后，人体会分泌出一种叫作"血清素"的物质，恰是这种血清素会使人的心情变得愉悦。

　　可是人的心情容易很快低落，这是因为我们的身体陷入血糖波动的状态。在吃了糖以后，人体内的血糖会迅速升高，为了降低血糖，人体会迅速分泌出一种叫作"胰岛素"的物质，这就是问题的症结所在。正常来说，如果血糖缓慢上升，胰岛素会慢慢地把血糖降到正常水平，但如果血糖升得太快，人体就会一下子分泌出大量的胰岛素，这样就会导致人体内的血糖低于正常值，陷入一种低血糖的状态。低血糖对于人体来说是非常危险的，因为低血糖意味着人体内的燃料不足，人体的各项功能都有可能骤然停止。为了防止低血糖这一情况的发生，人体会相应地分泌一些应对非常情况的激素，而这些激素会让人的心情变得不安、焦躁，甚至富有攻击性。

为了克服这种不安的情绪，此时的人体会再次发出需求甜食的信号。吃了甜食以后，人的心情又会变好，但是过一会儿心情又会变坏。情绪变化如同过山车一般，这种情况不断反复，而我们自己甚至都意识不到，这其实应当归咎于吃甜食。

反复感冒的孩子们

对于成年人来说，糖是高血压、糖尿病、癌症的罪魁祸首，而对于儿童来说，糖会降低免疫细胞的功能。打仗的时候士兵们会冲锋陷阵击退敌军，我们的身体也是如此。当有害细菌侵入人体时，人体卫士白细胞就会出动，杀死这些有害细菌，因为白细胞就是一种免疫细胞。

但如果甜食吃得太多，白细胞的数量就会减少很多，剩下的细胞也会变得软弱无力，不能正常发挥吃掉有害细菌的作用，这就导致小孩子经常受感冒、肺炎、鼻窦炎、鼻炎的折磨。

不仅如此，过多食用含糖的加工食品，会导致饭量减少。吃糖以后人的血糖升高，大脑以为身体已经获取了所需的充足养料，便不会发出觅食的信号，我们也就没有任何食欲了。其结果就是，我们本来应该通过主食、菜肴摄取充足的维生素、矿物质等营养元素，可是因为没有食欲，经常不规律饮食，免疫细胞的功能便会下降。

在摄取糖分一段时间以后，糖分就开始发挥抑制免疫细胞功能的作用，且这种作用可以持续很久。

如果每天吃好几次含糖量很高的加工食品，反反复复受到感冒困扰也就是理所当然的了。

糖会降低免疫力

有一家医院曾经针对糖与白细胞之间的关系做过一项实验：在实验对象食用一百克糖之前与之后，分别在血液里加入葡萄球菌（葡萄球菌可以引发炎症），然后观察白细胞的反应情况。发现在食用糖后，白细胞杀死葡萄球菌的数量显著减少了。总之，糖会让白细胞变得软弱无力，提高癌症的发生概率。

找一找那些躲起来的糖吧！

韩国一些颇受欢迎的演艺明星去军队服兵役的时候，会表示非常想吃巧克力或是巧克力派，这种场面你肯定看到过吧？这是因为人的大脑记住了吃巧克力或巧克力派时所感受到的那种浓郁甜蜜的滋味，所以它们才会那么令人念念不忘。平时在不知不觉之间我们会摄取很多糖分，我们的大脑中枢已经被甜味所驯化，会不由自主地想要吃更多的甜食。一旦吃不到，便会出现不安、焦虑等上瘾的症状。"上瘾"这个词并不一定是针对香烟、毒品的，糖也可以让人上瘾，一旦上瘾就容易对人体健康造成严重的影响。

你可能会说："我并不怎么吃糖，所以这跟我没关系。"真相是，即便你没有吃白糖，没有吃巧克力或糖果，实际上依然摄入了大量的糖分。糖分的推荐摄取量与体重有关，每公斤体重的推荐摄取量是0.5克，所以一个体重36公斤的孩子每天的推荐摄取量是18克左右，但是大家真的能做到只吃这些糖吗？我们身边的加工食品里暗藏着大量糖分，含量多到会让你大跌眼镜。

就拿人们常喝的可乐来说，一罐250毫升可乐的糖含量相当于9块方糖*（27克），一盒180克酸奶里的糖含量也有9块方糖（27克）之多。炒年糕、比萨、炸鸡，这些食品里貌似没有糖分，可实际上都含有大量的糖。更不要说吃比萨的同时如果再喝杯可乐，吃几块点心，每天轻轻松松就能摄取到一百克以上的糖分。

现在你知道我们每天吃了多少糖吧？大量的糖正进入我们的身体，侵蚀着我们的身体健康，请务必要记住：比起那些看得见的糖，更多的糖隐藏了起来，被我们悄无声息地摄取到身体里去了。

---

*这里指每块3克的方糖。——编者注

冰激凌里有什么？

据说在美国的许多地方，学校在给学生供应午餐时，配餐牛奶都是脱脂或低脂的，这是因为脂肪会导致肥胖与许多疾病，所以他们才会给学生供应含脂肪量少，或是直接不含脂肪的牛奶。那么在制造低脂或脱脂牛奶时提取的脂肪（乳脂）是怎么处理的呢？扔掉吗？当然不是。这些乳脂会摇身一变，成为生奶油，而生奶油则是制作冰激凌或蛋糕时必须要用到的原料。冰激凌与蛋糕口感柔软顺滑，实际上里面是满满的乳脂。

冰激凌里还含有大量的糖分，因为冰激凌是凉的，如果糖分少，甜味就会很淡，要制作出甜蜜、美味的冰激凌，必须添加更多的糖。一般来说，大多优质冰激凌糖分含量在百分之十五左右。

冰激凌里还会添加许多色素以制造出缤纷的色彩，这些色素基本都不是天然的，而是通过化学加工的方式制造出来的。不止如此，为了让冰激凌品尝起来有草莓、香草、巧克力等味道，冰激凌里还会添加各种合成香精。

乳脂、糖、食品添加剂，这些几乎构成了冰激凌的全部，而很多成分对身体都没有什么好处，所以应该尽量少食为妙。

约翰·罗宾斯的故事

　　一家冰激凌企业的创始人有一个独子,他的名字叫约翰·罗宾斯。

　　约翰的叔叔特别喜欢吃冰激凌,有一天他突发心脏停搏去世了,这给约翰带来了极大的冲击。当得知冰激凌里含有的乳脂与糖分,过量食用会引发心脏疾病的时候,他便觉得,自己再也无法从事向世人售卖冰激凌的工作了。

　　二十一岁的时候,他告诉父亲,自己不会在公司工作,甚至不会继承父亲的财产。当有人问他为什么要放弃财富与名誉的时候,他回答说:"如果当时我没有离开公司,那么我现在大概已经变成了一个不幸的胖子。"

　　约翰后来撰写了《新世纪饮食》《食物革命》等畅销书,成了一名畅销书作家、环境保护主义运动家。约翰舍弃了作为公司经营者的富有生活,选择去教人们选择一种更加健康的生活方式,他说现在的生活让他感到无比幸福。

第三章 为什么要少吃快餐?

有很多小朋友不喜欢吃饭。

他们说自己不饿,随便扒拉几口饭就把碗筷放下了。

但他们却非常喜欢吃汉堡包、炸鸡、比萨。

妈妈们觉得,不管是什么,只要肯吃,总比饿肚子强。

所以就给他们点炸鸡、比萨,或是煮方便面。

但实际上,饿几顿反而比经常吃快餐更好。

那么,为什么要少吃快餐?

25

身边的故事　小个子敏智

"就算是不吃饭，多多少少吃点别的，总比饿肚子要强吧？"

"不是这样的，经常吃零食不利于生长发育。"

听到我斩钉截铁的回答，敏智妈妈的表情一下子黯淡了下去。敏智已经十一岁了，但是跟同龄人相比，她的个子比较矮小，为了更好地了解她的营养状况，我给她做了检查。

从检查结果来看，她的胆固醇值非常高，体脂率也比较高，而肌肉量比较少。我们经常把这种情况称为"瘦弱型肥胖"。

看到检查结果以后，敏智的妈妈非常泄气，她说："敏智从小就挑食，所以只要她说想吃，不管是方便面、汉堡包还是比萨，我都尽量满足她，甚至点心、糖果都会放在她触手可及的地方，我之前以为不管是什么食物，只要吃一些总比饿肚子要强。"

旁边的敏智一直耷拉着脑袋。

"敏智，你想像电视里的姐姐们一样长高个子吗？"

"当然想。"她的声音低低的，听起来非常沮丧。

"敏智，你平时经常吃方便面或点心是吗？"

"是的，我不喜欢吃饭，但方便面、点心很合我的胃口。"

"原来如此。但令人惊讶的是，你的身体年龄与成年人类似，因为你血液里的胆固醇含量太高

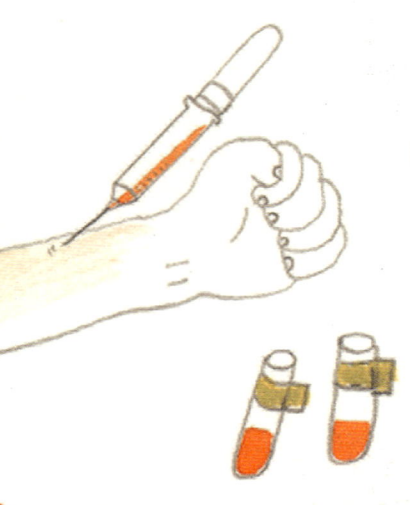

了，就算是成年人，如果胆固醇含量过高的话也会很危险，更何况你还这么小，将来很有可能会患上成人病。如果这种情况继续下去的话，你的个子很难再长高了。"

"真的可能会不再长个子了吗？"敏智的妈妈在一边吃惊地问道。

"当然。如果她不想吃，干脆让她饿几顿，也比吃方便面或点心要强。饿几顿以后，她便会有饥饿感，自己就会产生吃饭的欲望。敏智，你听见了吗？"

"好的，我知道了。"敏智的眼中闪烁出光芒，乖巧地回答道。

它们为什么叫垃圾食品？

听父母说，他们小时候的零食主要是地瓜、土豆、泡菜饼、年糕等。但随着生活方式日益西化，我们的饮食文化也随之西化了。汉堡包、炸鸡、比萨是最受欢迎的零食，这些食物也被称为"快餐"或"垃圾食品"。"快餐"的意思就是说可以很快做出来、很快吃掉，至于"垃圾食品"则顾名思义，就是像垃圾一样的食品。明明这些都是很喜欢吃的，但它们的别名却很吓人，那么，它们究竟为什么会有这样的别名呢？

第一，这些食品的卡路里太高了。一碗300克的米饭的卡路里是348卡左右。一个100克的汉堡包的卡路里是510卡左右，如果再吃一些薯条、喝点可乐，轻轻松松就能超过600卡。食用这些食品，很容易会超过卡路里的推荐摄入量。那些没有被消耗掉的、剩余的卡路里就会堆积在我们的体内变成脂肪，让我们变得肥胖，更容易患上各种疾病。

第二，营养元素不均衡。这些食品里的主要营养元素是蛋白质、脂肪、碳水化合物，但维生素、矿物质、纤维素的含量却太低了。造成肥胖的营养元素太多，而维持身体健康的营养元素太少，如果经常吃、吃得太多，最终就会对健康产生不利的影响。

第三，味道太重。如果经常吃一些过咸、过甜等味道浓郁的食物，不知不觉之间人就会习惯这些刺激性强的食物，这样一来就会觉得妈妈做的糙米饭、蔬菜等寡淡无味、不好吃，从而越来越不喜欢吃。

8282

汉堡包

炸鸡

比萨

方便面里含有什么？

方便面是深受人们喜爱的一种食品，配上爽口的泡菜，完全可以当作一顿饭来吃。根据世界方便面协会的调查，一个韩国人一年要吃七十五包方便面，日本人是四十包，中国人是十五包，这样比起来看，韩国人真的很喜欢吃方便面。

方便面如此受欢迎，里面会有什么问题呢？最大的问题出在调料包上，方便面调料爽口开胃，但里面基本上没有天然食材，或是含量极少。妈妈们在家里要做出这种味道，需要用到很多种优质的天然食材，并且要煮很长的时间。但是在煮方便面的时候，我们只需要在汤里加上一包调料，再煮上几分钟就可以做出相似的味道，这是因为调料里面含有食品添加剂。摄入过量的食品添加剂，对人体健康是有损害的。

而且方便面太咸了。对于成年人来说，食盐的每日安全摄入量是五克，但是吃一次方便面，一个料包所含的盐分就足够一个人一天的量了。食盐有咸味，是人体必需的一种物质，但是吃得太多会让人身体浮肿，并且会让人患上骨质疏松症，加重肾脏的负担，它也是导致高血压的罪魁祸首之一。

方便面的面饼也是有问题的。有的方便面的面饼会用油炸一遍，油炸食品不仅容易导致肥胖，也可能诱发成人病，对于身体正在发育的儿童来说，应当尽量避免吃方便面。

31

食品添加剂为什么不好？

你有没有在饭店门口见过那种仿真的食品模型呢？有的食品模型做得非常逼真，甚至到了以假乱真的地步，肚子饿的时候看到它们都会垂涎三尺。这其实是一种视觉欺骗，令人无法区分究竟是真的食物还是食物模型。同理，味觉也是可以欺骗的：不必在炭火上烤炙，同样也可以有烧烤的味道；不必慢火熬炖，汤的味道也可以醇厚。而这就是食品添加剂的魔法。

食品添加剂的类型有很多，主要有防腐剂（防止食物腐败）、甜味剂（让食物有甜蜜的味道）、食用色素（让食物有各种不同的颜色）、漂白剂（让食物的颜色更白）、香精（让食物散发香味）等。那么有哪些食物里面含有食品添加剂呢？我们在超市或饭店里买到、吃到的加工食品里面基本上都含有添加剂。点心、冰激凌、方便面里一般都含有五种以上的食品添加剂，甚至有的含有二十至三十多种食品添加剂。

食用食品添加剂会有害于身体吗？很多食品添加剂是用许多化学方法制造出来的人工物质，食用了这些物质以后，我们的身体会把它们识别为"毒素"，肾脏便会启动排毒功能，将它们排出体外。然而这一过程并不是自动发生的，在此过程里，需要动用人体内储存的维生素B、维生素C、镁、铁、锌等各种维生素与矿物质。人体本来就缺乏维生素与矿物质，现在这些物质又都被用来"排毒"了，这当然会导致人体的免疫能力下降，对于各种疾病的抵抗力也就变弱了，所以过敏、恶心、头痛等各种疾病也就纷纷找

上门来，给肝脏和胃的正常功能带来各种种障碍，甚至还会诱发癌症。

那么，在食品添加剂每天安全量的范围内食用就一定安枕无忧了吗？并非如此。即使每天的食用量在允许的范围内，也不能保证一定安全。我们要尽量买含添加剂少的食品。

即便如此你还是喜欢可乐吗？

我们的身体百分之七十是由水构成的，体内的水分即便少了百分之一至百分之二，人也会感到口渴，如果体内水分缺乏百分之二十以上，就会威胁到生命。人体的水分调节系统十分复杂，当人体缺乏水分时，就会发出口渴的信号，让人喝水；当体内水分充足的时候，便不会发出口渴的信号，这样人体总是能维持合适的水分。

但是很多孩子口渴的时候不喜欢喝水，而是喜欢喝可乐等饮料，不仅如此，即便是不口渴的时候，也习惯性地大口饮用甜甜的、爽口的、具有一定刺激性的饮料。可乐、汽水等饮料里含有咖啡因，咖啡因会帮助人体把水分变成小便排出体外，所以当身体缺乏水分的时候，喝完这些饮料反而会让人更渴。

而且饮料里含有的磷酸盐会造成钙流失，如果从小的时候骨骼里的钙就开始流失的话，等长大的时候，就有可能会得骨质疏松症，换句话说就是骨头上会产生许多小孔隙。

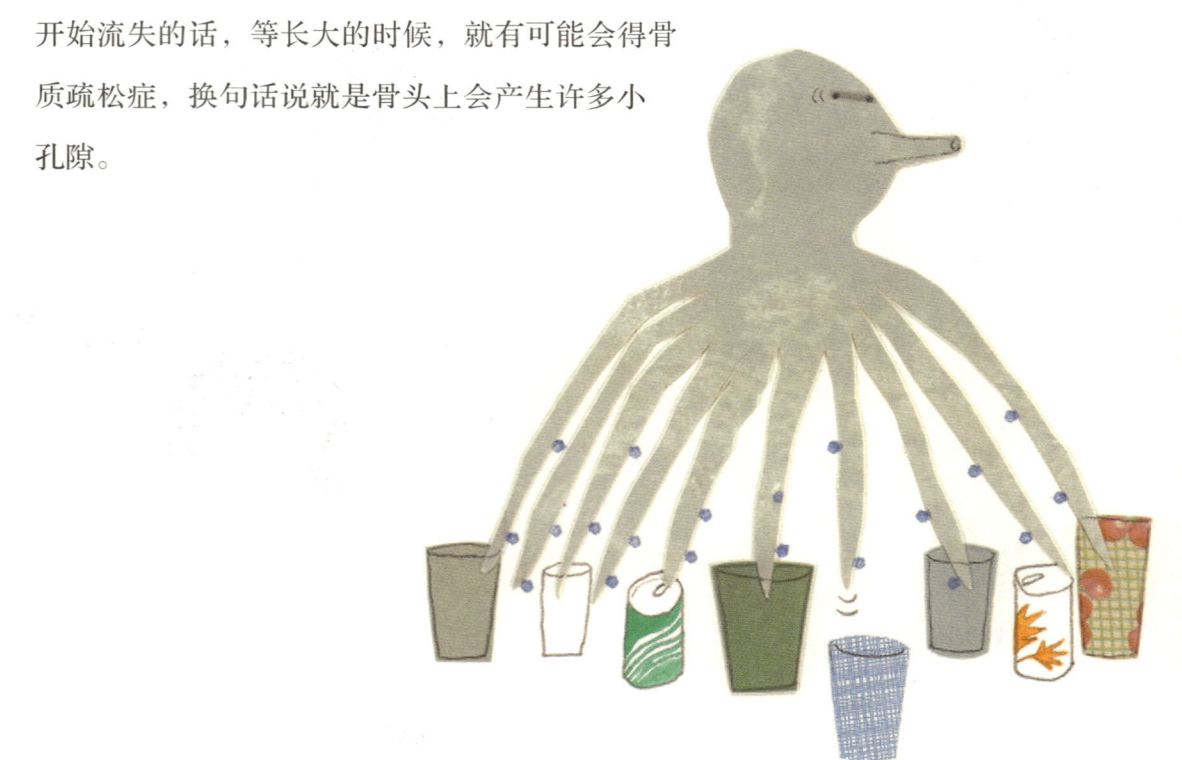

快乐听故事

慢食运动与本地美食运动

　　你听说过慢食运动吗？所谓"慢食"，顾名思义，就是说慢慢吃食物，实际上它是"快餐"的反义词。随着社会的剧烈变化，人们越来越喜欢"快手菜"，吃的时候也是迅速地一扫而光。工厂里制造出的即食食品等，制造过程中会破坏食物本身的营养，只能满足人们充饥的欲望。慢食运动的倡导者主张，做饭时要使用新鲜、当季的食材，在调味的时候也主张使用天然的调味料。要想呈现出食物固有的味道，必须选用上好的食材，并且要精心准备。慢食运动便是肇始于这样的倡导：享受食物的时候应怀抱感恩之心，不应该浪费食物，并且食材应该取自当季时鲜。

　　所谓"本地美食"，指的是本地区出产的食物。所谓"本地美食运动"，倡导的是食用附近地区生长的食物，而不是用飞机、轮船从遥远的地区转运过来的。比如橙子这种水果，韩国几乎不生产，要想吃橙子，必须从美国进口。由于这些橙子需要经过长时间的运输，为了防止橙子腐烂，往往就会喷洒防腐剂，所以橙子的新鲜度会打折扣。而且为了防止橙子生蛀虫，还会喷洒杀虫剂等含有毒性的农药，可能会对健康造成不利的影响。在运输水果的过程里，还会消耗大量的燃料，不利于能量的节约。利用当地食材制作食物真是有益于健康、有益于环境，一举两得的事情呢！

第四章 有益于健康的食品，愉快地吃起来吧！

你是否有为了身材苗条而饿肚子的经历呢？
脑袋里想的全都是食物，但是你却拼命克制自己的食欲？
虽然你每天忍得很辛苦，但是肉却又很快长回到身上了。
所以不要随意饿肚子，要多吃蔬菜、水果。
蔬菜、水果里含有丰富的维生素、矿物质、植物性抗氧化剂，
对身体十分有益。
而且卡路里也很低，不容易让身体发胖。
从现在起不要再吃那么多对身体不好的食物了，
有益于身体健康的食物一起愉快地吃起来吧！

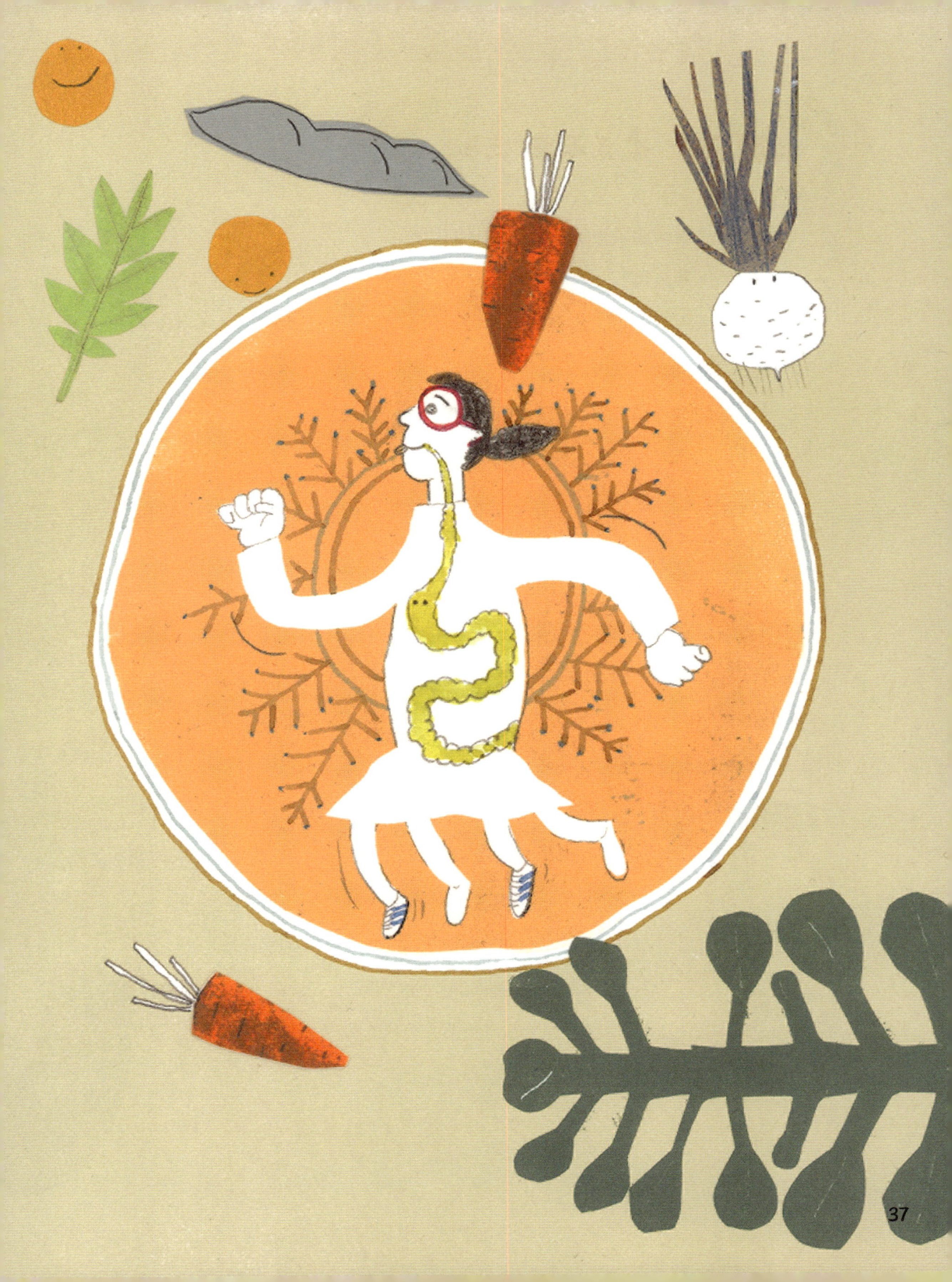

身边的故事　柔景正在减肥

已经上六年级的柔景被妈妈背到了我的诊室。

"是哪里不舒服呢?"

"她说肚子疼得厉害,疼得腿都伸不直了,会不会是阑尾炎呢?"柔景的妈妈满脸担忧地问道。

但是经过诊断,我发现她的下腹非常硬,原来是便秘了。

"柔景,你今天上厕所大便了吗?"

"没有。"

"那你上次大便是什么时候?"

"想不起来了,应该已经有好几天了。"

"看来她没有别的地方不舒服,就是便秘。"

本来以为自己得了什么大病,结果却被医生诊断为便秘,柔景顿时涨红了脸。

柔景的妈妈则如释重负地说:"怪不得她一去洗手间就很痛苦的样子……可能因为最近她正在减肥,不太吃东西。"

有许多像柔景这样的青春期女生正在饱受便秘之苦。有些人的便秘是由于先天肠道的蠕动能力差造成的,而有些人的便秘则是因为节食导致的。再加上节食的时候吃的那一点点东西纤维含量低,导致大肠的排便活动能力减弱,大便的量也会减少。所以即便是去解大便,也完全没有畅快的感觉,去洗手间就变成了一件痛苦不堪的苦差事。

"柔景，你减肥的时候主要吃什么食物呢？"

"就是尽量饿着，饿肚子效果最快了。"

"如果一味饿着，就会浑身没劲儿，很辛苦吧？日常生活、学习都会觉得很累。而且更糟糕的是体重会反弹，你听过吧？"

"听是听过，但不是很了解。"

"如果一味饿着，身体就会节约能量消耗，一旦恢复正常饮食，身体就会立刻储存营养物质，体重就会快速地回到原来的水平，甚至会比以前更胖，这就是体重反弹的现象。"

"不会吧？"柔景长长地叹了一口气。

该受的罪都受了，结果最后体重还会回到原来的水平，这让柔景感到十分沮丧。

"所以不要一味地饿着，一定要多吃水果、蔬菜，那样肚子就不会感到那么饿，也不会便秘，还能防止体重反弹。"

"好的，医生，我听您的，希望减肥成功。"

柔景开心地笑了起来。

缺乏维生素与矿物质

当你看到一则《生活在营养匮乏时代的现代人》的新闻，你会点头表示同意吗？你大概会认为："这说的也许是三四十年前的事情吧？"但奇怪的是，这是真的。相反，当你看到一则《生活在营养过剩时代的现代人》的新闻，你可能会很容易就点头表示赞同。那么，这两则新闻里所说的事情，怎么都是真的？

营养素分为宏量营养素与微量营养素，宏量营养素是指糖类、蛋白质、脂肪，而微量营养素则是指维生素、矿物质。人们每天食用的大米、面包、肉类、各种加工食品里含有许多宏量营养素。我们每天都会吃许多这样的食品，所以说我们生活在"宏量营养素过剩的时代"。

相反，水果、蔬菜里则含有丰富的维生素、矿物质等营养素，我们应该用大碗盛满蔬菜，每天进食几次，但是我们根本做不到这一点，所以说我们生活在"微量营养素匮乏的时代"。宏量营养素与微量营养素都是人体不可或缺的营养物质。

如果我们把钟表拆开，就会看到钟表的内部有许多大大小小的齿轮，它们相互咬合，只有当齿轮转动得非常和谐时，钟表才能准确运行。同理，我们的身体也需要让大齿轮——宏量营养素与小齿轮——各种微量营养素相互配合运转，才能维持身体的健康。当人体缺乏维生素与矿物质的时候，就算其他营养素再多也没有用。所谓均衡摄取，就是说多吃粗粮、蔬菜，适当吃肉。

嘎嘣嘎嘣脆的坚果类

花生、核桃、杏仁、松子等坚果类里含有大脑发育所必需的营养物质，根据自身情况适量食用对于正在生长发育的儿童十分有益，对于预防老人痴呆也很有用。它里面还含有抗衰老的抗氧化剂维生素E，是一种老少咸宜适合全家共享的优质食品。

不吃蔬菜会怎样呢？

有很多小朋友吃饭的时候不吃蔬菜，只吃肉类、火腿、鸡蛋等。不管妈妈怎么哄、怎么数落都无济于事。那么不吃水果、蔬菜的话会怎么样呢？

蔬菜里富含纤维素、维生素、矿物质。如果这些营养元素从小就摄取不足，就可能会得鼻炎、哮喘等过敏性疾病，并且免疫力也会下降，很容易感冒、肚子疼。

人体的自我免疫系统非常优秀，所以即便缺乏纤维素、维生素、矿物质，也可以支撑很长一段时间不会立即生病，所以很多人误以为自己很健康。

往一个不透明的闭口杯子里倒水的时候，在水溢出来之前，我们并不知道杯子里究竟有多少水。同样的道理，我们的身体也是如此，表面上看起来健健康康的，但实际上我们的身体有可能会在十几年、二十几年的时间里逐渐垮下去。当症状露出端倪的时候，往往疾病已经十分严重了，很难再完全恢复到健康的状态。身体长时间地损耗会造成高血压、糖尿病等疾病，为了治疗这些疾病，人们往往需要终生服药。现在你知道我们要吃蔬菜的原因了吧？

我们习惯了刺激性的味道后，是很难一次就改变这种饮食习惯的，所以我们要循序渐进地努力习惯吃蔬菜，不要因为尝试吃了几次觉得做不到就半途而废了。

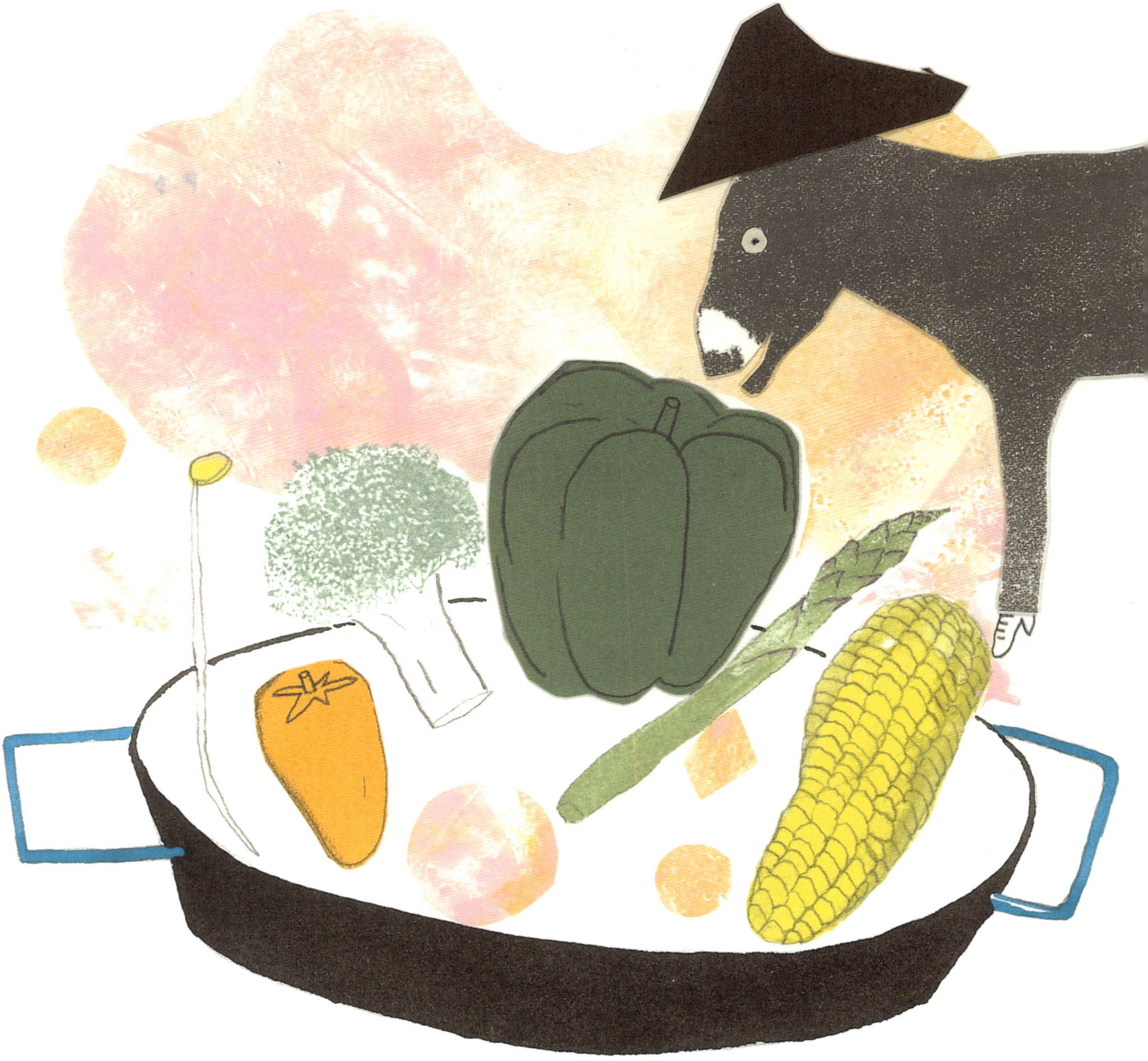

富含纤维素的糙米

在科幻电影里，我们有时候会看到汽车在天空中飞翔，人们坐在家里盯着飘浮在空中的屏幕处理公司的事务，甚至生活在地球以外的行星之上。你所设想的未来是什么样子的呢？我小的时候也阅读过许多关于未来的书籍，其中仍然让我记忆犹新的便是在未来人们都不需要再吃饭，而是服用一种富含各种营养素的胶囊。按照当时的幻想预测，2010年就可以达成书中描述的那个样子。但时至今日，我们仍然要吃饭。为什么会这样呢？这是因为把人体所需的所有营养素都制造成胶囊，这件事本身就是痴人说梦。

纤维素虽然不是营养素，却在我们的身体里发挥着巨大的作用。纤维素不仅能够预防便秘，还能在人进食以后长时间里给人一种饱腹感，从而预防过度进食导致的身体肥胖。同时，它还能抑制肠道里产生的有害物质，从而预防肠癌，并降低血液中的胆固醇，从而预防心脏病等疾病。

那么哪些食物里富含纤维素呢？简单地说那些吃起来比较有嚼劲儿的植物性食品，例如地瓜、土豆、苹果、梨里面都富含纤维素。像沙拉、菠菜这样的菜里面也富含纤维素。

那么面包、面条、年糕、米饭里是否也富含纤维素呢？遗憾的是，答案是否定的。面包、面条、年糕都是用白米、白面做成的，白米、白面原本也都和苹果、梨一样是有外壳的，但是由于小麦壳、大米壳的颜色看起来并不诱人，而且咀嚼起来口感也十分粗糙，并不受欢迎，因此人们便把它们的壳统统都去掉了，壳里面所富含的维生素、矿物质、纤维素也就随之都被去掉了。所以为了健康着想，最好连同谷物的外壳一同食用，因此我们要适当吃糙米等粗粮，面包也要尽量选择原料为全麦、黑麦的品种。

田地里的营养物——大豆

大豆富含卵磷脂，这种成分可以为人类的大脑供应营养，使人的大脑更加聪明。而大豆中的异黄酮则可以使人的皮肤更加光滑，令人的骨骼更加坚韧，有预防骨质疏松症的功效。此外，大豆中的蛋白质还可以保护血管，有预防心脏病、糖尿病、高血压的效果。

水果如何才能吃得更香甜？

大部分水果的卡路里都不算很高，与其他食物相比，水果里富含维生素、矿物质、纤维素，对于预防、治疗疾病发挥着巨大的作用。

草莓、西瓜、香蕉、葡萄、苹果等水果颜色、味道各异，原因是它们所含有的维生素、矿物质的种类各不相同。而且就算是含有相同的营养素，有的水果里含量比较高，有的水果里含量比较低。

那么这些有益于健康的水果，我们应该怎么正确地食用呢？

第一，我们每天都应该吃足量的水果。无论早晨还是晚上，什么时候吃都没有关系。

第二，不要只吃一种水果，可以多吃几种水果，这是因为每种水果所含的营养素是不尽相同的。

第三，直接吃水果，不要榨汁。水果榨成汁以后，糖的浓度就会升高，水果中的纤维素也被破坏掉了，大部分营养物质都会流失，相比于直接吃水果榨汁的方式并不健康。

第四，吃当季的水果。春天吃草莓，夏天吃西瓜，秋天吃苹果，冬天吃橘子。当季水果的营养素比进口或是过季的、不新鲜的更加丰富。

快乐听故事

想要长高怎么办？

想长高个子，应该怎么办呢？请记住以下三点。

第一，多多运动，以刺激正在生长的骨骼。在跑步、跳跃的时候，骺软骨会受到刺激，人就会长个子，所以有规律地做这些运动是非常重要的。

第二，早早上床，好好睡觉。与生长发育有关的褪黑素、生长激素在夜间十点至凌晨两点之间分泌得比较旺盛，如果在这段时间里看电视或玩游戏不睡觉，就会妨碍生长激素的分泌。睡觉之前如果夜宵吃得太多，睡眠就会受到影响，生长激素的分泌也会相应减少，后果就是长个子会受影响。

第三，避免肥胖。人在肥胖的时候，体内的脂肪会增多，脂肪里含有的毒性物质会滋生出一种促进性激素分泌的物质，而性激素又会抑制生长激素的分泌。如果一个孩子在青春期以前就提早出现了第二性征，那么他长个子的速度就会放慢。

可能有人会问，是不是需要多喝牛奶、多吃肉才能长高个子？牛奶与肉类里所含有的动物性蛋白质的确会促进生长，但是这种物质同时也会加速老化的过程。由于西方人平时肉类摄取得比较多，而东方人相对较少，所以一般西方人比东方人老化的速度要提前五至十年。所以，多吃大豆、蔬菜，多用其中的植物性蛋白质来保障人体每天所需的蛋白质供应量，难道不是一种更佳的选择吗？

第五章　心理健康同样重要！

不光癌症，几乎所有疾病都可以归咎为超负荷的压力。
并非只有成年人才有压力，
儿童、青少年也会因为学习紧张、同学关系紧张而感到压力巨大。
如果放任压力不管，让它不断累积下去会怎么样呢？
有哪些办法能够适当地缓解压力呢？

49

身边的故事 "游戏迷"振久

近来有很多孩子在医院候诊的时候,经常玩游戏机或手机游戏。但不管怎么沉浸在游戏之中,当他们进入诊室里的时候,还是会停下手中的游戏,可十二岁的振久进了诊室以后眼睛依然盯着游戏机。

"振久,就诊的时候要暂时把游戏机关掉。"

"就这样问诊不行吗?我一边玩着游戏,一边也能把别的事情做得很好。"

"振久,把游戏机给妈妈,不是说不舒服吗?怎么一整天光玩游戏?"

或许是发现我一直在盯着他看,振久的妈妈觉得有些丢脸,便把振久手里的游戏机夺了过来。

"振久,游戏这么有意思吗?你最喜欢什么游戏呀?"

"我最喜欢的游戏……"

听到我问起游戏,振久两眼放光,滔滔不绝地跟我聊起了游戏,那一刻他显得十分兴奋、自信。

"振久妈妈,他每天玩几个小时的游戏呢?"

"每时每刻都在玩游戏,有时候在游戏机上玩,有时候在电脑上玩,有时候连饭都忘了吃,要是他学习也能这么用功就好了……"振久的妈妈脸上写满了忧虑,声音也渐渐低了下去。

"振久，我觉得你玩游戏的时间应该再少一些。"

"不，我将来要做一名游戏程序员，我最喜欢玩游戏的时刻了。"

"就算是这样，玩游戏的时间太长了，也不利于你的心理健康。身体不舒服的时候我们要吃药、好好休息，可玩游戏的时间太长的话，大脑也会变迟钝。你应该停下游戏，好好休息一下。一直玩游戏的话，也没有办法正常学习。"

振久深深地叹了一口气，小声地说道："我也知道玩游戏不好，但游戏太有意思了，我根本戒不掉。"

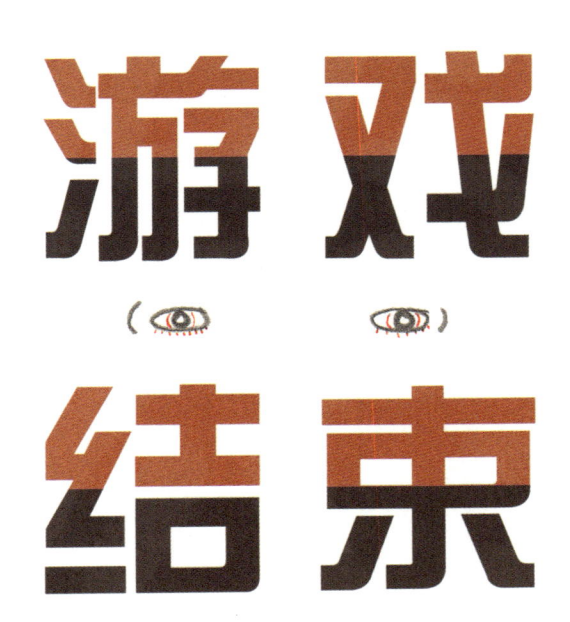

游戏
结束

"是的，我们不可能一下子把游戏完全戒掉，但可以逐渐缩短玩游戏的时间。如果心理不健康，那可比身体不健康难治疗得多。"

振久深深地低下头，似乎轻轻地点了一下头。

游戏会不知不觉地改变一个人

前段时间曾有一条新闻，内容说的是有一个孩子把他的同学殴打成重伤，他以为打人这件事和游戏里面是一样的。由于他沉浸在战争游戏、武侠游戏的世界里面不能自拔，对于打打杀杀的事情习以为常了，以为打人、杀人和游戏里并无二致，逐渐产生了一种混淆难分的错觉。在不知不觉之间，他的性格也变得暴戾、富有攻击性。

经常玩游戏的人，很容易对游戏上瘾，即便他一遍遍地告诉自己"就玩儿这一局"，最后却依然欲罢不能，最终在游戏上耗费好几个小时，根本没有办法学习或做其他事情。不仅如此，如果父母试图禁止他玩游戏的话，他们就容易烦躁或者坐立不安，失去自我控制的能力。由于游戏的世界太有诱惑力了，有些人对现实生活里的朋友、亲人等都变得漠不关心。这样的话，他们在学校里、在社会群体中都会成为局外人，最终变得独来独往、孑然一身。

食用不健康的食品会损害身体的健康，同样的道理，对于正在长身体的孩子来说，过度痴迷游戏也会严重损害他们的心理健康。尽可能不玩游戏是最佳选项，如果实在做不到这一点，起码应养成一种在限定时间玩游戏的习惯。与朋友们一起有规律地做一些室外体育运动，比如篮球、游泳、跆拳道等，也会对远离游戏有所助益。

骇人听闻的尼古丁上瘾

香烟里有一种成分叫尼古丁，它可以作用于人的神经系统，影响大脑功能，比如引起注意力、学习能力的下降，也会对心血管功能造成影响。一旦人体对尼古丁上瘾，就会对它产生依赖，当体内的尼古丁成分消失时，就会出现不安、焦虑，甚至呕吐的症状。

53

压力太大了！

你会以这种方式休息放松吗？放学以后，与同学们兴高采烈地玩一阵子，回到家里再与家人们津津有味地聊起一天里发生的趣事。可如今，就连小学生每天也过得异常忙碌。放学以后，他们连与同学们一起玩耍的时间都没有，就要去上英语、数学等各种辅导班，回到家里还要做辅导班的作业、学校里的作业，忙得不可开交。

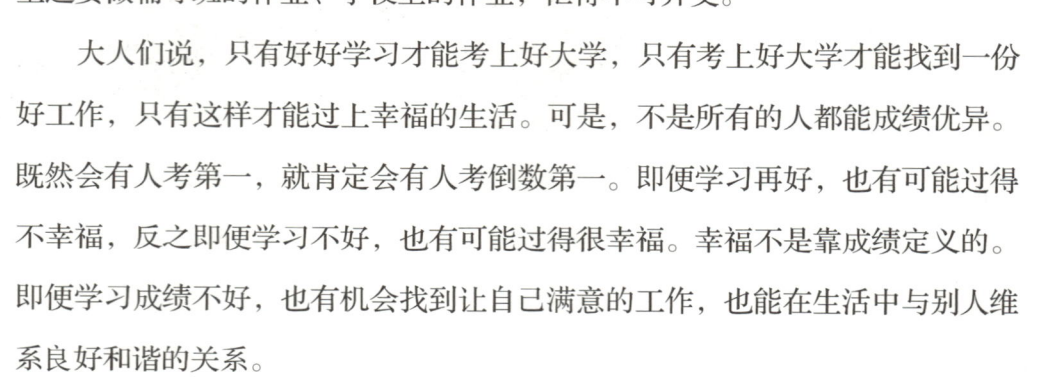

大人们说，只有好好学习才能考上好大学，只有考上好大学才能找到一份好工作，只有这样才能过上幸福的生活。可是，不是所有的人都能成绩优异。既然会有人考第一，就肯定会有人考倒数第一。即便学习再好，也有可能过得不幸福，反之即便学习不好，也有可能过得很幸福。幸福不是靠成绩定义的。即便学习成绩不好，也有机会找到让自己满意的工作，也能在生活中与别人维系良好和谐的关系。

所以不必因为学习而让自己有太大的压力，过度的压力会损害健康，心理健康的重要性不亚于身体健康。每个人都有自己消解压力的方式，你可以在空气清新的地方多做几次深呼吸，也可以骑骑自行车或弹弹钢琴，还可以与志趣相投的朋友聊聊天。不管用什么方法，你都要尝试着消解压力，让你的心情回归宁静。

最重要的一点是，你要珍视自己，唯有自爱，别人才会爱你。

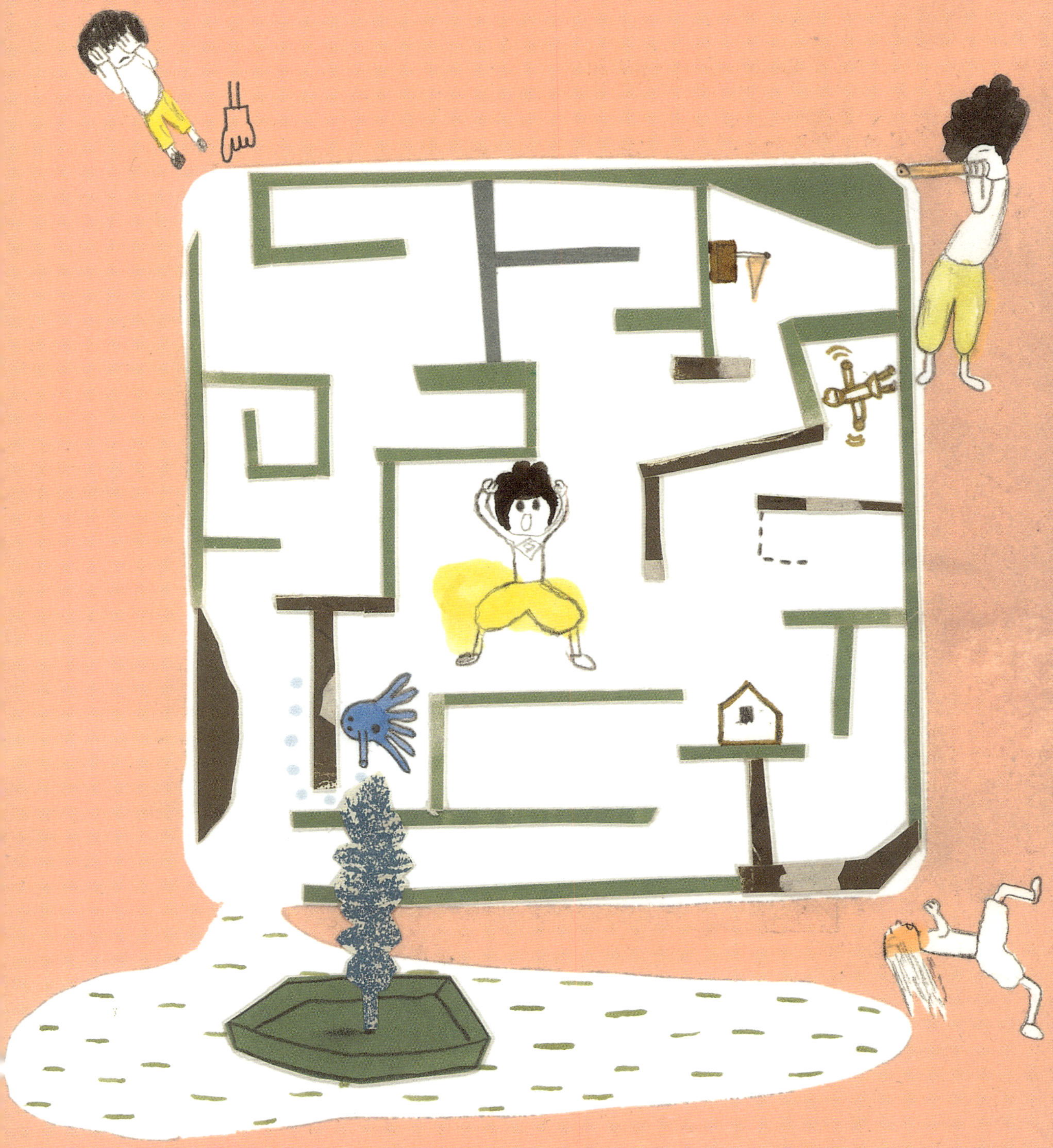

快乐地运动起来！

随着医学技术的发展，大部分疾病都可以得到治愈。而且随着经济的发展，人们的生活水平也越来越高，但是心脏病、高血压的患者却在不断增加，这究竟是什么原因呢？答案之一是不良的饮食习惯，之二便是人们运动得太少。

从前人们寻找食物、与人见面、到想去的地方时要自己步行。自人类诞生以来，很长一段时间里人们一直是这么生活的，所以人们的身体已经适应了这种生活。只有多做运动，身体才能保持健康。但是随着交通手段和工业文明的发展，就算是很近的地方人们也要开车去，我们也不再愿意爬楼梯，而是乘坐电梯。在家里，我们用遥控器或手机，只要动动手指就能处理很多事情。这就导致我们身体吸收的很多营养成分根本消耗不掉，它们长久堆积在身体里，产生了现代的很多疾病。

要维持健康的体魄，应至少定期坚持一项运动。如果总是借口说上辅导班很忙，或者外面很冷、运动很烦，总是宅在家里足不出户，就会运动不足。这样我们的四肢就会肌肉退化，变得无力，而肚子反而会突出隆起。人如果在外貌上失去了自信，性格上也会逐渐变得抑郁。运动会减少压力，帮助我们预防抑郁等其他精神症状。日常运动还会释放一种激素，让你感到"已经饱了"。所以运动能帮助我们预防肥胖。

运动之于身心健康，比任何食物或补品都有更佳的疗效。

夜间良好的睡眠同样重要

如果经常看电视、玩电脑游戏到深夜的话,会怎么样呢?人体不能弥补白天所消耗的能量,并正常储存必需的能量,第二天就会感觉很疲惫,人的免疫能力也会随之下降。有调查结果显示,警卫、护士等需要夜间开展工作的人更容易患上疾病,包括慢性疾病。

良好的关系是健康的开始

有几个印第安孩子转学到了一所白人学校。到了考试的时候,白人学生把他们的书包立到了桌子上面,防止旁边的同学偷看自己的答案。但印第安学生却围坐成一圈,老师看到以后很生气地问他们为什么要这样捣乱。他们回答说,在遇到难题的时候要相互帮助,他们从小就是这样被教育的。

人类在相互协作时比相互竞争时能激发出更大的潜能。俗话说"三个臭皮匠,赛过诸葛亮",一件事情对于一个人来说可能很难应对,但如果几个人协作,就有可能找到很有效的解决办法,人类文明也是这么发展而来的。良好关系并非是激烈竞争的关系,而是相互帮助、相互协作的关系,现在你明白了吗?

人在一生中会与别人结成许多种关系。当我们难以与别人产生联系时,就会感受到巨大的压力。要维护良好的关系,最重要的一点是要保持同理心(学会换位思考)。如果什么事情都觉得只有自己是对的,就很难与别人结成良好的关系。

身心健康最重要

你是否曾经因为身体超重而感到苦恼呢？近些年我们经常会看到人们喜欢苗条，甚至是骨感的身材。据说在以前食物缺乏的年代，人们喜欢的是那种非常丰满的身材，这是因为丰满象征着富有、高贵。现在非洲许多地区的女性都希望长胖。所以说时代不同、地域不同，审美的标准也是不尽相同的。骨感的身材是从西方传输而来的审美标准。如果肥胖损害身体健康，当然是有问题的，但如果体重正常，却仍然要去减肥，这也未必是明智之举。

越是热衷于减肥的人，他们对自我尊重感可能越低。同样的，越是执着于追求物质，希望拥有更多物品的人，他们的自我尊重感可能也越低。这是因为他们对自己的形象不够自信，所以需要用别的东西来包装自己。

有许多成年人误以为拎着名牌包的时候，自己也变成了名牌。但物品仅仅是物品，与一个人的人格魅力、气质才华没有一毛钱的关系。

与其花本钱在雕琢外在容貌上，不如在保持身心健康上面多投入些精力。当你觉得自己的身心都很美丽的时候，那些无关紧要的东西自然也就不会萦怀于心了。

第六章 愿世间每个人都拥有健康的身体!

有的国家因为肥胖问题、垃圾食品问题而大伤脑筋；
而有些国家的孩子们却因为没有充足的食物而饿死。
有的人明明没有生病，却为了变得更美选择去医院；
有的人就算是生病了，也根本没办法去医院接受治疗。
有的孩子不喜欢学习，在宽敞明亮的教室里度日如年；
有的孩子却不得不在暗无天日的厂房里劳作，甚至遭遇生产事故。
世界为什么这么不公平？
怎么做才能让这个世界上的每个人都能健健康康的呢？

61

身边的故事 不爱吃学校午餐的允珠

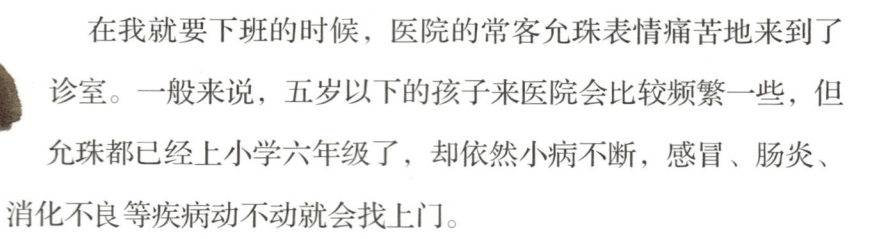

在我就要下班的时候，医院的常客允珠表情痛苦地来到了诊室。一般来说，五岁以下的孩子来医院会比较频繁一些，但允珠都已经上小学六年级了，却依然小病不断，感冒、肠炎、消化不良等疾病动不动就会找上门。

"今天又是哪里不舒服啦？"

"肚子发胀，很难受，好像是中午吃饭的时候撑着了。"

"午饭吃的什么？"

"就是学校供应的午餐啊，别的没吃什么。"

"应该很好吃吧，都吃了些什么呀？"

"什么？学校的供应午餐很好吃？哎呀，简直难吃死了。我吃供应午餐的时候，每次都觉得要吐了。"

"是吗？那好奇怪，大家都说学校的供应午餐很好吃。我侄子都说，爱去学校就是因为学校的餐饭美味呢！"

"哎呀，我们学校供应的午餐可难吃了，每次我都是最后一个吃完，我最讨厌班主任老师过来检查我的餐盘了。"允珠眉头紧锁地说道。

我初步判断她是消化不良。

"我们小时候上学要自己带饭盒呢,每到吃饭的时候饭菜都凉了,菜品也只有几样。学校里供应的午餐米饭都是热的,而且又有营养搭配均衡的小菜,多幸福啊!"

"哎哟,都是些蔬菜、鱼,我最不爱吃了,甚至还有大酱汤,一点儿都不好吃……总之,都是我不喜欢吃的,还要求我吃得一点儿不剩,真是太煎熬了。"

允珠平时就很挑食,只吃自己喜欢吃的食物,学校供应的午餐品种多样,这让允珠感到很有压力。

"允珠,老话说,好药不如好饭,好饭不如好心态。只有心态好了,身体才能好起来。你知道是什么意思吗?"

允珠一副迷惑不解的样子。

"如今在非洲或东南亚地区,仍然有许许多多孩子因为贫穷好几天都吃不上饭,也有很多孩子因为营养失调而失去生命,所以在吃饭的时候我们要常怀感恩之心。你吃饭经常会被撑着,就是因为你不喜欢吃那些食物,并因此而产生了压力与抗拒。同样的食物,如果你怀着感恩的心去品尝,它们就会变成好的营养,让我们的身体更加结实,但如果勉为其难去吃的话,营养反而失掉一些。"

这时允珠似乎才理解了我刚才所说的话。

竟然有好多人在忍饥挨饿？

你是不是偶尔会赌气说"我不吃饭了"呢？当然有时候你是因为肚子很饱，不愿意再吃饭，但有时候你也是因为要跟爸爸妈妈耍赖皮，而选择用不吃饭的方式来抗议。这时，爸爸妈妈就会对你说："吃完饭我会给你好吃的零食。""吃完饭让你玩一会儿游戏。"以表示对你吃饭的奖赏。对于现在的孩子来说，"我不吃饭了"仿佛已经变成了一件武器。

你可能偶尔也会从电视上看到非洲干瘦的儿童，他们满脸疲惫。当我们无忧无虑地品尝着一日三餐，却因为没有肉菜或是更美味的菜肴而发脾气的时候，在地球的另一边有些孩子却因为没有足够的食物而憔悴不堪。常年的饥饿让他们疲乏无力，无法正常生长发育。他们缺乏免疫力，一旦生病便很难康复，很多孩子会死去或是变成残障人。那么这些国家为什么这么缺乏粮食呢？

因饲养家畜而挨饿？

按理说粮食供应量是足够的，实际上却有许多人仍然在饿肚子，或是患有营养失调的疾病，原因之一是本应种植庄稼的地方却种植了家畜的饲料。

这些缺乏粮食的国家往往政治不稳定，没有足够的税收，所以也就无法从外国进口粮食。而且部落之间或是邻国之间战争频仍，没有稳定的农耕环境，就更缺乏粮食了。更令人气愤的是，联合国支援给他们的救济食品很多被当地的武装力量抢夺霸占，用来增强自己的势力。

　　战争是一方面，另一方面自然灾害也十分严重。你听说过木材公司的人滥砍滥伐，导致森林渐渐消失的事情了吧？这导致洪水、干旱等自然灾害频频发生，土地逐渐沙漠化，不再适合于耕作种植。

　　总之，因为种种原因，他们没有了粮食，许许多多的人因为营养失调而失去生命。

无法上学的童工

有的国家粮食过剩,人们因肥胖而忧虑不已,而在其他的一些地方粮食却绝对匮乏,每天连一顿饭都吃不上,人们饱受饥饿的折磨,这实在是太不公平了。

更遗憾的是,很多孩子因为父母生病无法劳作,或为了维持弟弟妹妹们的生活而不得不出去工作。他们没有上学的机会,不能与小伙伴们一同玩耍,甚至每天工作十二个小时以上。

尼泊尔的地毯厂里有许多童工在工作,他们从四岁到十四岁不等。他们的食物也难以下咽,很多孩子患有营养失调的疾病,而且由于长时间保持同样的姿势在极度狭窄的空间里劳作,身体甚至会发育成畸形。地毯厂里没有很好的通风换气设施,厂房的空气里布满了灰尘,孩子们几乎都患有呼吸系统疾病,时不时还会发生被尖锐工具扎伤的事情。一个名叫索尼娅的印度少女从五岁起就开始从事缝制足球的工作,七岁的时候就因为氨中毒而双目失明了。

在农场上工作的孩子们不得不暴露在农药的威胁之下,有时候也会被毒虫叮咬。在工地干活的孩子们则重复着搬运重物的工作,很多孩子因为工伤最后沦为了残障人。

很多老板利用孩子们没有力量、不懂得维护自己权利的弱点,在他们身上干尽非法龌龊的勾当。他们逼迫孩子们长时间劳动,驱赶孩子们去承担一些危险的工作任务,甚至连像样的安全防护设备都没有。当孩子们受伤或是生病的时候,他们不仅不会给孩子们提供治疗,还会无情地把他们扫地出门。

如果我们用合理的价格购买以公正的方式生产出来的足球、地毯、咖啡、巧克力等产品,那么这些人就有可能摆脱极度的贫困,孩子们也可能有机会去上学了。这些产品上面会贴有相应的标签,表示它们是正规渠道的贸易产品。这样的产品价格会稍微贵一些,但购买这些产品可以让大家都变得幸福起来,何乐而不为呢?

令人遗憾的健康不平等

即便身体稍有不适，你也会去医院做一些检查，还会注射预防疾病的疫苗。但并不是所有的人都能轻而易举地去医院接受治疗，实际上能够享受到这种待遇的人，全世界也并没有多少。

在非洲、东南亚等国民收入水平比较低的国家，医疗设施短缺，医生护士等医疗人员极度匮乏，对症治疗的药物也很难购买到。只有大城市才有正规的医院，生活在乡下的人只能乘坐很长时间的汽车，或是步行遥远的路途才能到医院治疗。再加上医院的诊疗费用很昂贵，小病小灾他们是不会选择去医院的，只有到了生命垂危的时候才肯去。很多时候，如果能提早一些去治疗，也许他们很快就能恢复健康，但他们往往都错过了最佳的治疗时机，便永远也无法康复了，这种遗憾的情况不胜枚举。本来每个人生病时都应该得到及时有效的治疗，但仍然有许多人没有条件接受治疗，这种现象就叫作"健康不平等"。

只要为儿童接种疫苗，就可以有效避免麻疹、疟疾、肺炎等传染病的侵扰，拯救他们的性命。遗憾的是，在一些贫穷的国家，他们连这些最基本的医疗服务都享受不到，儿童死亡的悲剧时有发生。由于缺乏自来水设施，他们饮用的是池塘里的积水，这些水里往往有许多寄生虫或细菌，喝了以后非常容易得传染病。他们的厕所一般也都是旱厕，传染病通过厕所迅速传播起来。如果他们的生活能够再干净、卫生一些，便可以在一定程度上预防传染病，但正是由于他们缺乏卫生教育，传染病的传播难以避免。

很多民间救济团体开展许多活动，向这些因贫穷而无法享受到医疗服务的国家寄送疗效较好的药物。无国界医师团队向全世界因战争、内乱、传染病、自然灾害等正在遭受痛苦的人们提供医疗志愿服务。许许多多的人正在努力让这个世界变得更加美好，让每个生病的人都能平等地接受治疗。

大家好才是真的好

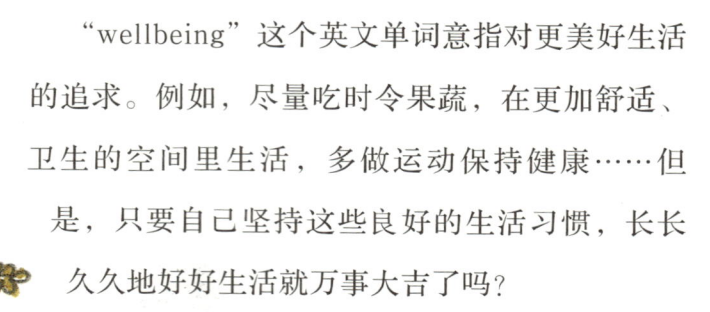

"wellbeing"这个英文单词意指对更美好生活的追求。例如，尽量吃时令果蔬，在更加舒适、卫生的空间里生活，多做运动保持健康……但是，只要自己坚持这些良好的生活习惯，长长久久地好好生活就万事大吉了吗？

当然，我们自己的健康是最基本的，但我们不可能在世间独自一人生活。不仅我们自身要吃好、要健康，周围的每个人也都应该吃好、生活好。如果每个人都能有这样的想法，这便是整个社会的"wellbeing"了。

当你吃着美味的烤肉时，想想在世界的某个角落有的孩子正在忍饥挨饿；当你在凉爽的空调房里吹着空调的时候，想想地球的臭氧层正在遭到破坏；当你乘坐舒适的汽车的时候，想想空气正在遭到污染。你的幸福当然是重要的，但也要考虑全世界人们共同幸福生活下去的问题。

小时候放寒假，我到外婆家里去的时候，曾经看到柿子树高高的树枝上挂着一些柿子，我原以为是柿子长得太高了够不到，但其实那是留给鸟类的食物。我的外公外婆担心喜鹊、麻雀在冬天找不到食物而饿肚子，便想与它们一同分享这些柿子，这便是他们分享的智慧。

你拥有的东西多吗？是否还觉得不够，想要拥有更多呢？当你与别人一同分享，你便会发现这样的生活馈赠给你的幸福。

快乐听故事

为新生儿织帽子的人们

　　非洲白天气温高,但是昼夜温差大。刚出生的婴儿由于免疫力低下,经常会因为患上肺炎或是低体温症导致死亡。所谓"低体温症"是指不能维持正常体温的情况,当体温一直低于三十五摄氏度便是低体温症。

　　如果给新生儿戴上毛线编织的帽子,他们偏低的体温就能提高两度,死亡率便会下降百分之七十,所以世界上有很多人会亲自编织帽子赠送给他们。

　　2007年韩国的"救救孩子"组织开始开展这项活动,每年有许多人参加织帽子的活动。人们精心编织的一顶顶小帽子竟然能够拯救非洲一个个弱小的生命,这给他们带来了巨大的幸福感。

　　就算你不会编织帽子,你依然可以帮助孩子们,只需要捐出一万韩元(大约五十四元人民币),就能够为孩子们寄出他们所必需的五种药物。你还可以给他们寄送保温毛毯、预防疟疾的蚊帐,有许多人正在给他们寄送一些必需品,以拯救他们的幼小的生命。